AF239957

Automatiserad teknik vilken används för att analysera text och data i digital form i syfte att generera information, enligt 15a, 15b och 15c §§ upphovsrättslagen (text- och datautvinning), är förbjuden.

© 2025 Mahdis Bigloo

Förlag: BoD · Books on Demand,
Östermalmstorg 1, 114 42 Stockholm, Sverige,
bod@bod.se

Tryck: Libri Plureos GmbH, Friedensallee 273, 22763 Hamburg, Tyskland

ISBN: 978-91-8057-785-4

"Hade det varit en hollywoodfilm, hade vår berättelse varit ett av dom historiska slagen."

Mahdis Bigloo

Du,

Jag hade börjat glömma och även om det bara var fragment, var det en sorg i sig. Därför vände jag ut och in på tiden, försökte hålla fast vid en flyktig dröm där du placerade en ö i mina ögon. En tillflykt omringad av ett hav där varje oväntad känsla skulle utmana gravitationen och föda en flodvåg över tomheten som rymde allt, men också inget.

Om du någon gång kommer eller kommer tillbaka, ska du veta vem jag var, vem jag tvingades bli, och varför det blev som det blev. Och om inte, skriver jag för havet och vågorna. För allt som fortfarande flyter.

Brev 1

Hej.

Det är vinter här nu, det är en sådan vinter som dina förfäder alltid fruktade. Den sorten som inte bara visar sig i väder och vind, inte heller den som resulterar i att årets skörd skjuts upp eller att invasiva arter dör ut. För vem har någonsin brytt sig om dom som ändå aldrig hörde hemma här? Utan det är den sortens vinter som lämnar spår, i oss och runt oss.

Minns du natten vi satt på bryggan och du berättade att du var mörkrädd? Minns du att jag vilade pannan mot dina läppar och svarade, "Jag fattar att det är skrämmande, men vi har varandra. Lita på det, eller åtminstone på soluppgången, den har aldrig svikit oss hittills" Jag minns, jag vek ihop mina ord och la dom försiktigt i din ficka och jag hoppas att dom ligger där än idag. Samtidigt måste jag erkänna att jag har omvärderat naturens självklarheter eller naturliga självklarheter. Vintersolståndet har passerat och av erfarenhet samt empiriska slutsatser ska dagarna bli längre, ljuset bli mer påtagligt, men i år verkar solen dröja sig kvar bakom horisonten och jag tror inte att jag är redo att dö. Inte än.

När andetagen knyter sig i luftstrupen försöker jag hålla fast vid att min odödlighet redan bekräftats, kommer du ihåg den äldre kvinnan med löständer, vars leende sträckte sig mellan världsdelar? Jag minns hennes hy som risfält och hennes blick lika oberäknelig som stilla vatten. Hon vände och vred på sig, tog av glasögonen för att sedan ta på dom igen, riktade den böjda bordslampan så nära min hud att jag kände värmen från den över handflatan.

"Vad söker du?" viskade jag för att inte störa koncentrationen som klamrat sig fast vid hennes rynka mellan ögonbrynen. "Livslinjen, du har ingen…" svarade hon och fuktade läpparna med tungan. "Men jag sitter ju här och lever," ville jag säga. Istället lät jag kinden glida in mellan tandraden och bet till för att försäkra mig om att jag faktiskt satt där och levde. "I din hand ser det mer ut som en spiral," fortsatte hon bekymrat. "Spiral?" frågade jag och lät orden bäras av större ljudvågor. "Ja, jag ser varken en början eller ett slut."

Jag bet hårdare i kinden, tackade för hennes tid och bar evigheten över tröskeln.

På vägen ut föll någon in i mig, eller jag tror egentligen att vi föll mot varandra, handlöst. Han reste sig upp, borstade ut det sista av våren ur mitt hår och jag kunde känna hur marken gav vika under mig. Han tittade på mig, jag tittade bort. Jag kunde ha hälsat, sagt tack, frågat hur det gick, men hans blick skar igenom mina ögon och satte krokben för tungan. Han tog ett steg mot mig, jag tog ett åt sidan. Av någon anledning var det viktigt att behålla avståndet, men samtidigt var jag inte helt bekväm med tanken på att det skulle bli för stort.

"Vad heter du?" fick jag slutligen fram. Jag minns inte siluetten av honom, men jag tror att han vek undan med blicken och att han log. "Kärt barn har många namn." Sedan frågade han om jag kunde se honom och innan jag hann svara, var han borta ur mitt synfält.

Någonting i hans plötsliga försvinnande fick mig att inse att mitt liv inte rörde sig mellan fasta punkter - det kröktes av drömmar, av flykt, av tomhet men framför allt av längtan. Mitt liv formades av en enda känsla och därför gick jag mest runt i cirklar och trodde att en början aldrig var nödvändig. En början skulle kräva eller åtminstone möjliggöra ett slut, därför gjorde jag helt enkelt allt för att undvika den.

Jag hoppas att du mår bra trots omständigheterna och att du håller fast vid vad du lovade innan allt det här började. Mellan då och sen är allt vi har ett nu, och någon dag kanske det brinner, så som broar ofta gör.

/M

Bakgrund

Hade jag fötts i den fria världen skulle min mor gett mig namnet Rebell. Inte för att det klingar fint, utan för att jag gett den obstinata röst hon burit, en kropp. Jag var hennes ifrågasättande personifierad, vilket å ena sidan gav henne sinnesfrid, men å andra sidan krängde hennes stolthet likt trädstammar som bugar inför stormen, medvetna om sitt framtida fall.

Jag hade brunnit ut ur elden och trott att det räckte så. Jag brann och därför skulle jag alltid brinna. På mina villkor. På den tiden var jag helt enkelt inte införstådd med konsekvenserna av avsked eller vilka påföljder separationer kunde medföra.

Året jag fyllde tre byttes solen ut mot snö, bergen mot fält och famnar mot kala träd.

Jag tror att det var i samband med att landskapet runt mig förändrades som jag förstod att döden, trots att den är som en familjemedlem i den kultur jag föddes in i, där den nämns flitigt i såväl kärleksförklaringar som avgrundsdjup ångest, inte endast beskrev en känsla, utan, att den var någonting som drabbade en.

I vuxen ålder har jag försökt närma mig dom val mina föräldrar ställdes inför. Val som ledde till beslut och konsekvenser. Bara tanken ger mig yrsel och illamående. Jag vågar knappt flytta till en annan stad och lyckas alltid få hemlängtan av att planera sommarens semesterresor.

Kanske lärde mina föräldrar sig att förtränga sina tvivel, och kanske lyckades dom, men till deras besvikelse återuppstod velandet genom mig. Och som en följd, skapades det ett utrymme för längtan att börja gro. På gott och ont.

Brev 2

Hej.

Jag vet inte var dina brev tagit vägen eller om dom överhuvudtaget skrivits. Men deras existens verkar inte vara en premiss för att jag än en gång ska skriva.

På vägen hem igår, du vet den genom stigen, med sjön vilande mot solnedgången såg jag en fågel störta, en fågel vars vinge inte längre bar. Den landade framför mina fötter och det är vid sådana här situationer jag fastnar i frågor om livets värde, när lidandet blir själva tillvaron. Självklart klarade jag inte av att göra slut på det redan skadade djuret. Istället hukade jag mig utan att reflektera kring vilka konsekvenser min närhet skulle medföra. I efterhand förstår jag såklart att den måste fruktat mig mer än fallet.

Grannarna pratar om förnödenheter, dom väntar, dom tycks vänta på någon som aldrig verkar hitta fram. Jag vet inte om det är Messias eller fienden. Vilket egentligen kvittar, då jag varken tror på Guds sändebud eller Gud. Inte heller har jag, vad jag vet, några ovänner. Men dom väntar medan jag söker den livsnödvändiga delen av mig själv som jag har lyckats tappa bort. Antingen förlorade jag den i samband med din frånvaro eller så tappade jag den redan som barn, dock kan jag inte heller garantera att den någonsin existerat. Kanske gick den förlorad någonstans längs vägen, som inte heller var mitt val att gå. Eller så blev det mitt val då jag valde att aldrig välja. Jag har helt enkelt alltid önskat att den fria viljan var underkastad determinismen, då skulle jag kunna avskriva mig all form av ansvar, och överlåta beslut till den som vågar möta konsekvenserna.

Hur som helst, någonting saknas, och sedan punkt. Om det är ett ting eller av levande karaktär spelar i sammanhanget ingen roll för alla känslor och tankar leder fram till saknaden som liknar en avsats och sedan är det tomrummet som tar vid. Jag är dock inte rädd för att tomheten ska ta över, den har gjort det förr, trots att den inte alltid fått plats. Den blev snabbt ett substitut för tryggheten och har tagit det utrymme den ansett sig vara berättigad, vilket resulterat i att symmetrin jag så länge försökt bibehålla aldrig kunnat bevaras. Att försöka begränsa den resulterar endast i att den skjuts tillbaka liksom en rekyl, till den mittpunkt jag alltid försöker fly. Men om eller när jag väl hittar vad jag nu famlar efter, kommer det att finnas gott om utrymme för det att stanna.

Hade vi likt vissa arter haft en regenerationsförmåga hade varken fågeln lidit eller dessa brev behövts, men nu behöver vi förlita oss på vår anpassningsförmåga som även den kommer leda till vår död. Om vi levt vill säga, om vi någonsin valt livet.

Minns du att jag berättade om hur jag som ung älskade att åka tåg? Att jag påbörjade relationer med människor från andra städer för att ha en validerad anledning till att sväva över spåren? Du skrattade när jag förklarade att jag alltid satte mig baklänges, att syftet var att ge mina ögon möjlighet att hålla kvar vid det nu som övergick till förflutet. Det var alltid tryggare att gå tillbaka, se tillbaka och drömma sig tillbaka. Tillbaka var avklarat och bevisligen hade jag överlevt.

Jag vet fortfarande inte om du skrattade med mig eller åt mig, Jag vill tro att du delade min övertygelse om att baklänges var det enda sättet att ta sig framåt.

/M

Brev 3

Hej. Jag saknar dig.

Igår rensade jag i det förflutna och bland tomma fotoalbum och gamla skokartonger stod ditt namn på en av tågbiljetterna vi bokade, inför resan utan destination, resan vi aldrig gjorde. Men vi drömde om den och drömmen höll oss i rörelse, förenklade livets upp- och nedgångar. Det blev som en hypotetisk tillflyktsort även långt efter att vi lämnat perrongen och promenerat hem samma väg som lett oss till avgångshallen.

Vi gick tillbaka längs med spåret, du någon halvmeter framför och jag fastnade som vanligt i avståndet - för oavsett hur små dom är, blir dom oftast betydligt större för mig än vad som är skalenligt. Du sparkade grus medan jag försökte hitta något vårtecken i diket. "Vi ska leva tills vi är 100," viskade du och tittade mot molnen som svävade rådvillt, som om dom var osäkra på vart dom skulle ta vägen. Du lyfte upp stjälken och lät maskrosfröna bjudas upp till dans. Jag upprepade ditt uttalande med ett utropstecken efter varje stavelse. Visste inte om du försökte dämpa dina tankar genom att låta mina överrösta dom, eller om det var en ny önskan du börjat blåsa för vinden.

"Vad händer sen?" frågade jag. "Vad händer efter 100?" Du vände dig mot mig, vägde orden på tungspetsen, smakade på varje möjligt utfall, tvekade en aning och sedan svarade du lättad, "Ja men sen så, ja men sen dör vi ju."

Vi visste åtminstone att vi kunde åka, att möjligheten fanns, bara vi bestämde oss och det var det som fick mig att känna att jag hade någon form av kontroll över det okontrollerbara.

Tror du att blåvalen drömmer om ett liv på land? Eller att strutsen önskar sig vingar som bär? Tror du att det finns någon där ute som är medveten om oss?

Jag ringer hem alltmer sällan. Inte för att jag vant mig vid livet i deras frånvaro, utan mer för att varje avsked påverkar mitt balanssinne. Ibland ringer morfar, jag tror dock inte att han vet vem han ringer, men jag är villig att benämnas som vem som helst, så länge det skänker honom sinnesro. Vi utbyter några artighetsfraser, jag passar på att spela in hans röst, för man vet aldrig vilket samtal som är det sista. Sedan sitter vi och lyssnar på tystnaden tills han berättar att han är trött och behöver vila en stund. Han återgår till sitt medan jag blir stående, sittande, liggande och tillbringar resten av dagen med att fokusera på mina yttre gränser för att inte flyta ut.

En gång frågade jag honom var minnen tar vägen när vi inte längre minns och ett leende tog sig fram genom lager av tid och årstider. Jag tror att han försökte återkalla sig ett tidigare liv, men när bilderna inte blev tydliga nog var han borta igen, förlorad och fallen mellan synapser. Men han log, och jag såg det som en bekräftelse på att jag fortfarande lyckades glädja honom, vilket lugnade alla tankar, som mynnat ut i känslan av förlust.

Kanske, kanske går inget förlorat, kanske finns minnena kvar, onåbara, men kvar.

Jag minns nätterna du låg i fosterställning, skyllde på nostalgisk kramp och sa att det var okej, du behövde bara andas tillräckligt djupt för att hjärtat skulle veckla ut sina hörn. Jag satte mig oftast en bit ifrån för att inte ta den luft du behövde, ibland räcker den bara till en i rummet och jag hade redan lärt mig att återanvända andetag. Du andades och jag berättade om gränderna, om vinrankorna, om fiskarna i atriumet vars sökande efter havet gav en svindel. Jag berättade om jasminbuskarna och vallmon, om granatäpplena och näktergalarna.

Jag berättade om bergen, om allt jag fortfarande trodde mig minnas, när jag i själva verket inte mindes någonting alls. Men framför allt berättade jag om dom täta skogarna, om midnattssolen, om ängarna och om snö som smälte på tungan. Jag berättade om tystnaden och om ensamheten. Flätade ihop alla koncept av hem jag kände till, för att stilla den sorg som endast blöder ur hemlängtan.

"Vi har fått ett nytt hem. Vi har två, vissa har inget alls, vi är dom lyckliga, dom utvalda, vi är av Gud valda", viskade jag som en påminnelse, i synnerhet till mig själv. Du började breda ut din kropp likt ett djurskinn på golvet, tittade förbi mig med ett kadavers tomma blick, log och sa "Tack, vill du ha lite te?"

Sen sa vi inget mer resten av kvällen, det fanns inget mer att säga. Jag vet inte om det var en av orsakerna till att vi inte steg på tåget. Kanske var vi inte redo att riskera ännu ett sammanhang.

Det sägs att resan är själva målet, vilket är en fin tanke i sig, men också förödande för den som är åksjuk. Så det kanske var lika bra att vi stannade.

/ M

Brev 4

Hej.

I och med att det gått en evighet utan att du hört av dig har jag bestämt mig för att åka till dig. Jag har tapetserat om hallen med små post-it-lappar, gjort en ritning över vilka faktorer som lett mig hit. Klippt serpentiner av minnen, klippt ut och itu, tryckt ner dom i köttkvarnen och letat efter någon slags logik bakom känslorna som pressats ut på andra sidan.

Jag lärde mig klockan innan jag lärde mig mitt första språk. Det kom naturligt då jag började räkna ner från stunden när min mor lämnade förskolans lokaler. För varje timme som gick blev det enklare att andas. Jag fördrev tiden genom att iaktta andra barn leka och höll alltid ett stadigt grepp om V. Hon var den enda vuxna på avdelningen som inte skrämde mig. En dag var hon dock inte där och samma dag kom mamma inte tillbaka vid den avtalade tiden. Klockan slog 15:01, 15:02, 15:03. Min ryggrad blev som kvistar i parketten, mina hjärtslag som klockans urverk och jag smälte samman med golvet, med väggarna, med intet.

Mamma, viskade jag på mitt modersmål, eller kved snarare och runt mig samlades formlösa kroppar som sträckte ut sina armar. Ju närmre dom kom, desto högre skrek jag. Sekunderna förökade sig, blev minuter, blev en oändlighet.

Jag minns inte exakt i vilken position hon hittade mig när hon slutligen kom. Jag minns inte vad hon sa, om hon överhuvudtaget sa något, men jag minns att hon stod i dörröppningen med trasigt paraply, att hon sedan hukade sig till samma koordinater min kropp befann sig på. Ett leende kämpade sig genom skulden. Kanske trodde hon att hennes blotta uppsyn skulle vara tillräcklig för mig att förlåta dom 17 minuterna hon låtit mig tro att jag blivit föräldralös. Och självklart har jag förlåtit henne, men jag har ännu inte lyckats glömma känslan av försummelse.

Så jag ska tillbaka till avgångshallen, den här gången utan dig, men likt förbannat för dig. Jag ska tillbaka och den här gången ska jag stiga på tåget. Om jag hade kunnat förtydliga varför väskorna står packade, hade jag gjort det, men då skulle jag också behöva tydliggöra bakomliggande behov, vilka jag inte har vidare koll på. Kanske var det tågbiljetterna jag hittade som fick mig att vilja återuppta sökandet - jag hoppas att det är det som driver mig, och inte flykten. Eller så var det det faktum, att konsekvenser även drabbar den som valt att aldrig välja.

Ibland vaknar jag av att någon skriker mitt namn, inte av ilska utan snarare i ren panik. Så som man själv skulle ha skrikit om man var nära att falla från ett stup, om man redan hade fallit. Jag känner igen rösten, men vet också att ljudvågor inte kan ta sig genom dimensioner, så jag slår dövörat till och försöker somna om till gamla blandband - det är, som sagt, på något vis enklare att förhålla sig till gamla känslor än att omfamna nya.

Jag undrar om du redan fallit och vad som i så fall var din sista känsla, bortsett från rädslan såklart, bortsett från det oundvikliga.
Vi ses snart.

/M

Brev 5

Hej.

Du, har du tänkt på en sak... Har du tänkt på att våra kroppar reagerar snarlikt vid förälskelse som vid ångest? Dom fysiska uttrycken är egentligen desamma sägs det. Skillnaden tros ligga i vilka tankar vi för tillfället låter forma våra känslor. Tänk om vi, varje gång vi tror oss falla för någon, i själva verket faller för tanken på att känna någonting, vad som helst, så länge det står i kontrast till apatin.

På mitt modersmål har ordet kärlek flest synonymer. Jag tror att det har att göra med att sökandet efter någonting konstant gått i arv, blivit ett kollektivt straff, ett nödvändigt lidande som resulterat i ett expansivt språk, vilket i sin tur vidmakthållit förvirringen. Eller så beror alla olika definitioner på att vi älskar mer, på samma sätt som vi sörjer mer. Vi gör allt, men mer, upphöjt till sig självt. Därför är vi också i behov av fler nyanser. Vi är dock fel pronomen - jag behärskar knappt alfabetet.

Jag hade återigen börjat skriva listor över alla gånger jag påstått mig älska, försökte hitta någon slags konvergens tror jag, men hoppades på att det inte skulle finnas någon. Jag minns hur du flätade samman din kropp på kökssoffan, värmde dina smala fingrar över tekoppen och försökte förstå mitt behov av att vilja förstå.

"Varför är det så viktigt att ge en känsla med så många ansikten, ytterligare ett namn?" frågade du och gömde ansiktet bakom ångan. "Jag vill nog bara veta vad det är hos dom som håller mig kvar," svarade jag och fastnade i en konstpaus. "Det är inte dom som håller dig kvar, kärlekens fundamentala premiss är den fria viljan," fortsatte du. "Jag har ju aldrig valt," avbröt jag medan du hämtade andan. "Och därför har du aldrig älskat."

Ett kast med litet hjärta.

Vi undvek varandra resten av det dygnet, jag antar att vi båda visste att utfallet av en vidare diskussion skulle implicera att en av oss sjönk. Nuförtiden skriver jag inga listor i alla fall, alla har dom haft och kommer att ha mig gemensamt, vilket säger mer än nödvändigt. Jag har lärt mig att deras namn återgår till att vara en konstellation av språkljud som, i sinom tid, slutar påverka hjärtslagen.

Jag har nästan förlikat mig med insikten att varje stup endast är en startsträcka till nästa och att känslorna är mina egna. Därför har jag också valt att aldrig falla, för så länge gravitationen tillåts ta vid, går allt som faller, förr eller senare också itu.

/M

Ps. Dom flesta språk förknippar kärlek med höjd. Det måste vara traumatiskt för dom som lider av höjdskräck.

Brev 6

Hej.

Imorse när jag vaknade hade nattens avverkade drömmar fastnat i någon slags tråd över ögongloben, kletat sig fast längs ögonfransarna så som lönnens blad klänger sig runt grenarna tidigt varje höst. Och när jag skrapade bort filamenten från hornhinnan såg jag konturerna av ditt ansikte.

Jag vet att jag borde, jag borde ha tänkt igenom det här, haft en plan för varje bokstav i alfabetet, eller i alfabeten, då jag har fler än ett. Eller, ett och ett halvt i alla fall. Jag gick ner till stationen idag, med väskorna dragande, jag gick givetvis baklänges, och det är svårt att dra packning lika tung som livet samtidigt som man försöker undvika väggropar och trottoarkanter.

Jag gick förbi din gamla skola. Ekarna står stadiga än idag, stadigare än jag någonsin sett något stå. Deras grenar börjar visserligen närma sig en bristningsgräns då dom nästan viker sig av beundran över sin egen livslängd. Jag blev stående där, tillräckligt länge för att känna rotsystemet brodera marken under skosulorna, tillräckligt länge för att låta ögonblicket förvandlas till ett avtryck.

Jag undrade varför du grät en eftermiddag för så länge sen att det egentligen inte borde räknas till denna livstid. Du låg under den vänstra eken, helt orörlig i ett försök att undkomma tiden, och blickade upp mot trädkronorna som om svaren gömde sig i bladens nervatur. "Jag vet inte, men jag vet att jag kommer drunkna i mina egna tårar." Jag la mig bredvid dig, flätade samman våra fingrar och svarade, "I så fall drunknar vi tillsammans."

Vi tittade upp mot himlen som låg där över oss som en ooverkomlig barriär, som om vi skulle tränga igenom den och flyga iväg om vi bara stirrade tillräckligt länge.

Det var där jag lovade att stå vid landningen om du någonsin skulle falla, och där vi bestämde oss för att aldrig gråta ensamma igen. Men tiden har väl bevisat att vi alltid gör det ändå, på ett eller annat sätt.

Jag passerade, jag passerade allt från livets första minnen till sådant jag ännu inte upplevt och jag undrar om det är det här dom syftar på när dom säger att den som stirrar döden i ögonen ser livet passera i revy.

Perrongen var öde och tågspåret låg stilla som om det väntade på ett löfte. Jag ska inte ljuga, tåget kom. Tåget kom och tåget åkte vidare, gränserna är fortfarande öppna, eller landsgränserna vill säga, mina har jag stängt för länge sen.

Förlåt.

/M

Brev 7

Hej.

Lite har förändrats, men samtidigt är allt annorlunda, ingenting är nämligen som det brukade. Inte ens årstidsväxlingarna. Takåsarna är tomma på nästen, och gryningen har blivit alldeles stum utan måsarnas skrik. Jag vet inte om det beror på att fåglarna börjat dö ut, jag har ännu inte hittat några kranier, kanske har dom bara bestämt sig för att inte flytta hem över somrarna.

Bortsett från att naturen inte längre följer sina lagar har orden förlorat sin mening, vilket resulterat i att vår förmåga att förstå varandra försvunnit. Tystnaden tar sig in och överröstar allt, vilket egentligen inte är så märkligt, då alla verkar ha förlorat ett språk och jag tror att det är hjärtats.

På den tiden jag inte sa något alls, sa du ofta, "Trots att hjärtat är det första organ som utvecklas, lär vi oss att överleva utan ett." - och nu känns det som om hela vår tillvaro återspeglar det. Verkligheten har fastnat så som mardrömmar fastnar i drömfångare. Det började för ett tag sen, varje bokstav började brinna, såväl det skrivna som det som ännu inte sagts. Det är någonstans mellan att ljudet studsar mot stämbanden och innan vibrationerna nått svalget som lågorna tar vid. Hela världen håller andan och väntar på att något ska ske, men ingen vet vad, ingen vet om det ens finns något kvar att vänta på. Ingen ler längre, ingen vågar närma sig sådant ett leende symboliserar, ingen vågar tala om sedlighet eller antyda avsaknaden av den.

En del hävdar att vår överlevnad är beroende av en oavbruten ström lidande, för någon annan. För att vi ska leva måste också andra dö och förödelsen benämns som rimlig. Men det kan lika gärna vara tvärtom, att vi behöver dö för att andra ska få leva. Det som skrämmer mig är om du och jag inte tillhör samma kategori längre. Jag vill varken leva i en värld utan dig eller lämna dig ensam åt den. Men å andra sidan har varje ögonblick hittills varit som en sekvens i rysk roulett och egentligen är vi alla redan förlorade.

Det vore inte annat än olyckligt om det fortsätter så här, om vi avvaktar så pass länge att även våra känslor hotades – för då brinner allt inifrån och ut.

/M

Brev 8

Hej.

Igår kom ett brev adresserat till dig. Jag begick brottet att öppna det. Dom kallar in nu, alla ska, alla måste. Gränserna har dragits om överallt, dom har rivit broar mellan människor och rest murar av ruinerna. Vintrarna har börjat sträcka ut sig i en oändlighet. Det började året du gett dig av, men då var det främst kylan jag reagerade över, även om ljuset redan då tvekade inför återseendet med sin egen skugga. Jag tror att den fruktar sådant som bekräftar att den fortfarande finns.

Dom äldre har börjat tala ut i intet, jag antar att dom talar med Gud. Dom sluter sina ögonlock, som i ett försök att dölja sina synder eller sitt outtröttliga sökande efter något, kanske någon. Och trots bristande bevisning på att den allsmäktige hör, fortsätter dom att be, mekaniskt. Jag beundrar det, samtidigt är jag alldeles för bekant med hjärnans försvarsmekanismer.

Förtröstan förändrar inte verkligheten, den fungerar bara som en hägring av trygghet. Men jag ska inte ljuga, även jag skriker hans namn när inget annat gör tillvaron rättvisa.

Minns du känslan av odödlighet som barn? Ingenting kunde nå en. Barndomens epoché tillät våra drömmar att vara oändliga och då våra fantasier stod över regler och begränsningar hade jag bestämt mig för att en dag övervinna gravitationen och lära mig flyga. Inte för att det var en önskan eller någonting jag ville, utan endast och enbart för att alla runt omkring mig sa att det var en omöjlighet. Men om kärlek kunde resultera i förlamande sorg, så var väl ingenting egentligen omöjligt? Jag var fast besluten och övertygad om att det endast handlade om att göra sig så lätt som möjligt, att på något vis lyckas smälta in i luften.

Jag minns att jag tillbringade eftermiddagarna på gungan i lekparken, tog fart och blickade över hustaken, "Jag flyger, titta, jag flyger!" utbrast jag innan jag kastade mig upp mot himlen och träffade marken. Varje dag, om och om igen. Kanske var det också därför jag blev flygrädd när jag blev äldre. Övertygelsen om ett evigt liv mattas tydligen av ju tyngre man blir av livet självt, och till slut är den helt borta. Jag tror inte att någon vet var odödligheten tar vägen, men resultatet blir att man försöker undvika sådant som gör en bräcklig, vilket inte tyder på annat än en välfungerande självbevarelsedrift.

Tänk att kroppen har så tydliga gränser, medan tankarna är helt gränslösa och opåverkade av naturlagar - tänk storheten i att få vara någons tanke.

/M

Brev 9

Hej

Mellan sömnlöshetens förälskelse till soluppgången och ångesten över att väckarklockan skulle välkomna mitt medvetande till ännu en dag av din frånvaro, hörde jag din röst från gatan. Jag antar att jag håller på att bli galen. För varken du eller någon annan stod där.

Stjärnorna brann i natt, flygtornen och fyrarna likaså, varje ljuskälla som någon gång visat vägen för den vilsne fattade plötsligt eld. Men trots att allt det som kunde ta oss till jordens fyra hörn gått upp i rök fortsätter vissa rita kartor över eventuella flyktvägar.

Precis efter att du gett dig av, drömde jag att jag flög över molnen och grät ut världshav över Atlanten. Jag minns att jag förväntade mig en fråga för att få möjlighet att förtydliga känslan. Men varje gång jag tittade på den som satt bredvid, vars ansikte hade fler än ett namn, vände personen sig bort. Så jag försökte nå hans hand, eller åtminstone nudda vid den.

"Jag vet att du inte fått någon uppenbarelse, låt det vara flytande," sa han och hans händer började trumma takter på mitt lår. Takter jag kände igen alltför väl, men jag försökte att inte lägga något värde i det. Det är dock svårt att lära om ett hjärta, som alltför ofta gör som det själv vill. Jag minns att jag började känna mig yr, om det var på grund av tryckförändringar eller det faktum att han var vag, vet jag inte. Jag lät luften strömma mellan läpparna vid en inandning. "Du är bra, men inte för mig, du är bra, men inte vad jag behöver," önskar jag att jag hade svarat, för att åtminstone ha tonsatt ett slags behov, även om det var utanför verkligheten. Istället viskade jag, "Det är ingen fara, det är bara flygrädsla, du är bra, det blir bra." Han böjde sig över min kropp, tittade ut över vingarna och berättade att det inte ens var turbulent. "Om du bara visste," ville jag skrika, "Om du bara visste," viskade jag. Det slutade i alla fall med att piloten vände tillbaka mot fastlandet, men planet hann falla isär på höjd.

Jag vet än idag inte vad drömmen hade för betydelse - men jag minns att jag blundade krampaktigt så fort jag vaknade, i ett försök att återvända till den. Anledningen är oklar, visst har jag mina aningar, men varje gång jag tänker på det självklara budskapet tappar jag kontrollen över min kropp. Därför vill jag tro att det endast handlade om att jag inte hade sett några spår av en gudomlighet, trots att vi nått himlen, och att jag därför ville fortsätta leta.

Jag undrar hur det hade varit om det var du som suttit bredvid mig i drömmen. Vi hade antagligen fallit, men överlevt, tror du inte?

Det har slutat blåsa, trots stormvarningar. Inte ens vinden vågar närma sig den stillhet du lämnade kvar. Vilket är skönt då man slipper svälja luft som tvångsmässigt tar sig in i lungorna och påminner en om att allting kan spricka. Hösten har satt eld på träden och löven är än en gång fängslade i sin livscykel mellan nyanser av sommar och aska. I år tvekar dom inte ens i sitt fall mot marken. Dom bara störtar ner, som skjutna svalor. Och jag låter dom.

Naturen verkar undra över mitt val att stanna, men jag tror att den är på min sida, eller åtminstone likgiltig.

Jag vandrade planlöst hela dagen igår, eller det är inte hela sanningen, jag strök längs med gatorna vi gått på, åkte tåg, buss och båt i samma riktningar som vi gjorde. Jag satt i samma parker, gick ut på samma bryggor och jag återskapade dig, mig och all den flyktighet som drog oss till och sedan från varandra. Mörkret har slutat hålla sig inom sitt territorium, det följer årstiderna som en vapendragare. Jag vet egentligen inte hur det gick till, men jag tror att vi alla smält samman med det. Och därför blundar jag dom tillfällen jag saknar ljuset, mörkret speglar ändå inget annat än misär.

Din bror frågade varför vi fortsätter skriva, varför vi så ihärdigt håller kvar vid någonting som glidit oss ur händerna. Han är ovetandes om att du inte svarat på ett enda brev och ärligt talat vet jag inte varför jag fortsätter, jag har ingen aning längre, jag har ingenting och vet desto mindre.

Tomhet i rörelse blir att tömma, så kanske behöver jag skapa ett första utan dig av alla sista med dig - avverka och tömma varje minne på betydelse för att fortsätta flyta.

/M

Brev 10

Hej.

Det har varit fullmåne i 13 nätter. Månen hänger över himlavalvet som om den avrättats, kvävts i en snara av tid som till slut inte vågade gå och som var oförmögen att gå tillbaka. Den fullbordar dock fortfarande sitt syfte och antagligen är det därför den får hänga kvar. Jag pratade ofta med den som barn. Det blev ganska enformigt, monologerna jag förde påminner en hel del om breven jag skriver. Jag minns inte var eller varför jag började åkalla någon slags uppmärksamhet. Kanske beror det på mitt namns betydelse, kanske kände jag någon samhörighet med den - bara därför.

Det var inte förrän jag blev äldre som jag förstod att månen inte lös upp natten av sig själv, utan att den var beroende av någonting annat för att överhuvudtaget göra oss medvetna om sin existens. Det var nog i samband med den insikten som jag funderade över att byta namn.

Men det kändes också orimligt att överge distansen, att plötsligt bli nåbar i en värld som krävde allt annat än närvaro, speciellt om man ville behålla något slags sunt förnuft vill säga - vilket jag fortfarande eftersträvade på den tiden.

Senaste nätterna har jag börjat drömma om mig själv, jag står i en spegelsal där alla spegelbilder frågar, "Hur långt är ett nu?"

Ett konstant eko av ljud och ljus i omlopp och sedan vaknar jag, trots att jag inte minns att jag somnat.

En kväll när du fortfarande var kvar, och halva staden låg under ett täcke av strömavbrott och tystnad, satt vi omringade av värmeljus och tittade igenom fotoalbum. Jag minns att du strök fingertopparna över stunder en av oss ansett vara värda att spara och sa, "Man kan aldrig förlora, vad som redan förlorats." Och sedan gick brandlarmet. Jag visste inte riktigt om jag skulle rädda fotografierna från lågan eller min hörsel från tjutandet. Beslutsångesten och bristande förmåga att prioritera fick mig istället att sitta paralyserad på stolen med händerna för öronen. Du satt mitt emot, eller kanske bredvid och observerade emulsionen förvandlas till damm. Framför oss bredde askan ut sig på bordet, och jag insåg att förlusten inte bara var ett avslutat kapitel utan också en pågående process.

Vi satt tysta, medvetna om att ditt utspel inte påverkade dom spår det förflutna redan lyckats lämna i oss och förvissade om att det blivit svårare att skydda det sköra. Det var antagligen där och då vi insåg att det var meningslöst att hålla någonting levande genom konstgjord andning och att vi hade lyckats med ännu ett misslyckande.

Troligen är det därför jag är kvar. Ingen flykt, vare sig genom kärlek eller död, förmår att stilla den känsla som jag ännu inte lyckats definiera.

Kanske är det svårt att tvingas bort när man borde stanna kvar, men jag tror nog att det är svårare att stanna när man ständigt längtar bort. Jag har antagligen väntat för länge, för det brinner och det brinner överallt, och kanske är det därför grannarna tror att jag har funnit Gud.

/M

Brev 11

Hej

Har du tänkt på att fåglarna alltid flyger i flock när dom flyr årstidsskiftningarna? Dom är ihopflätade på något vis. Det får mig att tänka på hur vi rört oss från ruiner i det förflutna. Genom visklekar har ordet som räddat vår överlevnad också förändrats. Bokstäverna har kastats om, vissa strukits helt och någon enstaka har lagts till. Jag vet inte om det berott på dialektala missförstånd eller naturliga konsekvenser, men det har mynnat ut i *ensammast*. Vilket är tragiskt, att vi aldrig lär oss av historien eller av fåglarna, utan blint litar på vad vi hör utan att egentligen lyssna på innebörden.

För ett par kvällar sedan trotsade regnet gravitationen och föll uppåt. Jag har aldrig varit med om fenomenet tidigare, men är övertygad om att det finns en logisk förklaring. Samma kväll träffade jag någon som jag tror är allt du behövt. Han utstrålade ett lugn, inte ett sådant som får en att avstanna, utan ett lugn som gjorde honom så lätt att han flög. "Antoine, ser du stjärnorna?", frågade han trots att det varken var mitt namn eller tillräckligt mörkt. Vi sa inte så mycket mer än det, men jag har nog aldrig känt mig så hörd i någons tystnad.

Grannen nedanför har börjat bli dement. Hon blir förvånad och något osäker varje gång vi möts vid postlådorna, ryggar tillbaka och mumlar något ohörbart. Jag försöker hälsa utan att titta åt hennes håll, men hon svarar bara att hon inte har något av värde och att jag därför inte bör göra mig besväret att göra henne illa. På nätterna hör man hur hon förbannar alla som lämnat henne. Om oförglömliga svek håller oss ifrån glömska, kommer du och jag finnas för alltid, i alla för varandra.

Minns du att jag ringde dig utan att lyckas få fram ett enda ord? Du försökte inte ens öppna eller leda samtalet, inte åt något håll. Du ljudade istället dina andetag vilket pusslade ihop marken under mina fötter, reste byggnaderna, träden, placerade ut människor och lyfte upp den nedfallna himlen. När världen var på plats igen bad du mig att komma hem.

Senare samma kväll stod jag i vår hall och frågade varför vi fortsätter, om det enda som håller oss från avgrunden är tiden. Varför envisas vi med att hålla fast vid något när vi ändå är dömda till att överge varandra? Du vände dig om och avväpnade mig med blicken. Sedan svarade du utan vidare eftertanke med en röst som var tröttare än livet, "För att alla innan oss valt att gå."

Du skapade såväl förundran som förakt i mig, vilket antagligen var orsaken till att jag stannade kvar. Jag var medveten om att jag behövde dig för att känna mig levande, och att vi båda behövde mig för att överleva.

/M

Brev 12

Hej.

En fuktig och förmultnad lukt har kapslat in lägenheten och jag betvivlar att jag kan bo kvar här. Varje andetag är fyllt av så pass mycket obehag att jag ibland grips av panik över att den ska kleta sig fast i lungorna. När doften är outhärdlig öppnar jag alla fönster och sover med kudden på fönsterbrädan. Ibland fungerar inte det heller och då försöker jag hålla andan, men det resulterar bara i illamående. Det handlar inte endast om att det är besvärligt eller att minnesbilderna som doften frambringar får hjärtat att hamna i obalans, utan hela situationen indikerar en kommande dekadens. Även väggarna har börjat spricka från golv till tak, jag tror att dom bär på för mycket. Jag vet inte om det är livet utanför eller innanför fasaden som blivit för tung. Kanske ger dom vika för mitt alltmer förlorade hopp. Jag kan nämligen inte rå över känslan av att historien upprepar sig. Inte bara vår kollektiva historia, utan min. Min alldeles egna.

Jag hittade flyttkartongen med dina gamla cd-skivor. Några finns det 3 olika exemplar av. "Vardagsexemplar", "När vardagsexemplar går sönder" och "När lyckan infinner sig", dom sistnämnda är fortfarande plomberade. Det är så typiskt dig. För dig var lycka alltid något utanför det rutinmässiga. "För att vara lycklig måste jag finna meningen med livet. Meningen med livet är att vara lycklig," skrev du på alla pappersbitar du kom över, som en påminnelse, för att inte tappa fotfästet, fastna eller bli stillastående.

"Otillräckliga premisser leder aldrig till en slutsats," försökte jag svara på baksidan av dina lappar, men du vände aldrig blad. Och jag tänker att ditt eviga grubblande blev ett cirkelbevis på din egen existens. Därför är det så svårt att veta om du överhuvudtaget någonsin funnits.

Som barn var jag övertygad om att vi var fångade i något väsens mardröm, och varje tidig morgon viskade jag till stjärnorna "Snälla vakna, det är dags för dig att vakna." Men ingen vaknade, ingen har hittills vaknat. Jag fortsatte dock min ritual, på den tiden litade jag blint på min mor och hennes övertygelse om att våra ord och tankar hade magiska krafter som kunde väcka universum ur samsara. Och ja, jag viskar än för att vara på den säkra sidan, för att åtminstone ha gjort allt jag kunnat.

Var flytten bär av vet jag inte, och ska vi utgå ifrån någon slags empiri så kommer den antagligen inte ens genomföras. Jag vet ju, att oavsett i vilken riktning jag än rör mig, så kommer jag alltid ha samma himmel att förhålla mig till.

Hur som helst, jag sparar dina skivor. Någon dag kanske du vill ha tillbaka dom och jag hoppas att du då vågar öppna exemplaren som skyddas av plast. Och du, hittar man inte meningen med livet,

kanske man behöver skapa den själv -
men först krävs det givetvis att man
accepterar meningslösheten.

Jag saknar dig.

/M

Brev 13

Hej. Igen.

Du vet ju precis som jag att det alltid känts som en kapplöpning. Att jag har undvikit alla början, men ändå eftersträvat att nå mållinjen. Jag saknar somrarna jag spenderade med mormor, särskilt tillfällena jag låg på den vinröda mattan med kammade fransar medan hon nynnade vid symaskinen. Zickzack. Stygnen fäste små tygbitar i varandra, oavsett hur ojämna dom var. Hon berättade ofta om det eviga livet, om att världen skulle nå sin ände för att sedan rulla tillbaka och ge oss möjlighet att göra allt vi gjort fel, ogjort. Tiden hade berett ett landskap över hennes ansikte som fick mig att förstå att hon var på väg att återgå till det vi alla kommer från. Jag höll andan varje gång hon använde sina fingrar, livrädd över att all världens sorg hon burit skulle falla ur hennes händer. För vem skulle våga ta vid när hon inte orkade längre?

En gång frågade jag henne om avståndet skulle kunna skilja oss åt, och hon bad mig att blunda, och berätta var en cirkel börjar för att sedan ta slut. Jag satt tyst, kanske förstod jag vad hon menade, eller så tolkade jag det utifrån vad jag hoppades att hon skulle mena.

Jag vet inte. Jag minns inte längre. Men mormor hade aldrig gett konkreta svar på frågor. Hon talade alltid i liknelser och metaforer, försvarade sin tillförsikt med att det endast är mellan raderna man finner vad man söker, att orden i sig bara förvränger och distraherar en från vad hjärtat redan vet. Jag tror att det ligger något i hennes påstående, men samtidigt är jag alldeles för obekväm för att våga röra mig i mellanrum, alldeles för tondöv för att höra mitt eget hjärta och något för ifrågasättande för att veta vad jag redan vet.

"Lev i nuet," brukade hon påminna, och varje gång hon sa det ringade jag in datumet i kalendern, fångade dagen - skulle man kunna säga, fast på mitt sätt.

Ibland lyssnar jag på ett av hennes gamla meddelanden på telefonsvararen för att hålla henne vid liv. Dock är jag beredd att påstå att hon aldrig varit mer levande än nu när hon är död.

Har du någonsin känt sorg för djuren på vintern? Jag tänker främst på dom arter som inte kan migrera till varmare breddgrader. Dom som inte gör annat än att förbereda sig under vår och sommar. Återigen, den förbannade kapplöpningen. Jag tänker helt enkelt på dom som föddes här och även kommer att utrotas här.

Det är inte deras eventuella bortgång som håller mig sömnlös utan snarare deras omedvetna väntan. Det kanske bara är jag som blir illa till mods av den skoningslösa realiteten, över att naturen spelar ut sitt episka drama.

Vet dom blinda om himlen, eller stjärnorna? Och vi som fortfarande påstår oss se, vet vi mer än det synliga och om inte, vilka sanningar faller oss ur händerna?

Minns du gummibanden? Hur vi spred ut dom på golvet, klippte sönder en i taget och sa, "Aldrig igen." Jag vet inte riktigt om vi tryckte till saxen av samma anledningar. Jag tror inte det. Du var nog less på att fastna med håret i dom, medan mitt liv hängde på att inte fastna med hjärtat i någon eller något som drog åt ett håll för att vid sin bristningsgräns skjuta tillbaka likt dödliga skott. Jag var trött på att röra mig i gränslandet av tvetydiga känslor, i synnerhet om dom tillhörde någon annan. Jag var klar. Trodde jag. Eller jag var klar utifrån förnuftets alla regler. Men känslan lade sitt veto - och det krävdes inte mer än så för att jag på kvällen skulle sitta och limma ihop ändarna på banden. Jag visste att det inte var vad jag borde göra. Mormors röst ekade i bakhuvudet, "Gå inte ut i krig för vem som helst." Jag nickade som svar och viskade till och med "Jag lovar." Som du säkerligen vet, eller räknat ut vid det här laget, höll jag aldrig löftet. Det är enklare att förutspå framtiden om man ser till att historien upprepar sig.

Tänk om det bara finns ett streck, om startlinjen och mållinjen var på en och samma plats, om orden var synonymer. Hade vi underminerat väntan då?

/M

Brev 14

Hej.

Isen har börjat spricka över sjön, den är fortfarande intakt, men ytan liknar krossat glas. Den sköra övergången från solid till spröd påminner om hur världar kan bära på spänningar som är redo att bryta fram och omforma allt vi känner till.

Jag vet inte om du någonsin varit med om att hela livet rasat samman, att allt runt omkring dig bara fallit ihop och fortsatt falla. Man skulle kunna jämföra känslan med en födsel, inte för att jag minns hur det var att födas men jag kan tänka mig hur skrämmande det är, att från en sekund till en annan behöva förhålla sig till en värld man varit en del av men aldrig sett.

Jag tror att jag var sex år första gången jag upplevde det. Brus. Tystnad. Blickar. Någon grät. Brus. Odefinierbart prat. Brus. Tystnad. Runt omkring mig rörde sig kroppar, jag ville också röra mig, röra mig bort.

Har du tänkt på träden? Har du tänkt på att dom är fast, förankrade, att dom står som ofrivilliga vittnen till livet? Jag har under hela mitt liv avundats trädens rötter, men när jag tänker på det så inser jag också att min rotlöshet är till min fördel. Du brukade ofta påtala att jag var tvungen att sluta fly, vilket i efterhand är ironiskt, då det trots allt är jag som stannade kvar.

Hur som helst. Jag tillbringade resten av den dagen i garderoben och försökte komma på hur jag någonsin skulle kunna stå igen, när allt jag någonsin stått på slagits i spillror.

Vi fick inte liv i samma livmoder men han var mitt liv, eller nej det kanske han inte var men han var definitivt marken som bar mig. Marken som bär mig. Vissa perioder hörs vi ofta, som för att påminna varandra om att det inte tjänar någonting till att gå åt varsitt håll. Ibland känns det dock som om han försöker förbereda mig på ytterligare ett avsked, trots att jag förhandlade bort sådana följder senast han kom tillbaka. Kanske är det så enkelt som att jag bara behöver fortsätta vara mig själv, det kommer också att eliminera alla hans alternativ att bli någon annan.

Och sanningen förändrade ingenting, lovade dom på säkert avstånd, allt var som vanligt, som alltid, som en oförstörbar lögn. Och avslutningsvis, "Vi ville inte göra dig ledsen."

Sedan dess har jag aldrig blivit ledsen, då jag inte velat belasta någon med att behöva ljuga. Visst har jag krackelerat, men aldrig brustit eller gått av. Jag tror att jag förlorade mina sinnen som barn, vilket också gjort det omöjligt att orientera sig i tillvaron. Och träden, dom står än idag tack vare sina rötter, men vet du? Vi står också, trots avsaknaden av någonting som lovar att hålla oss kvar vid storm.

En av våra sista kvällar på torget sa du, "Jag hoppas att du blir lycklig." Din röst var vädjande, eller kanske krävande. Löven tog sats från kullerstenen i något slags försök att behålla avståndet till marken, men den första snön tvingade dom att falla ner igen. Årstiderna och åren. Jag har aldrig föraktat tiden så mycket som varje gång dina smilgropar påminde om decenniet mellan oss.

"Hur hamnade vi här?" viskade jag med örat lätt tryckt mot din bröstkorg, jag antar att jag behövde försäkra mig om att du varit på riktigt. Ljuset från lamporna ovanför oss liknade avstannade stjärnfall och bakgrundsbruset kvävdes av dina hjärtslag.

Du svarade ingenting alls, men jag minns att vi båda log av att ha nått botten och jag tror att jag kände en trygghet i det. Hade jag vetat att det var sista gången jag såg dig hade jag antagligen inte låtit dig gå, eller åtminstone gett dig en kompass. Kanske hade jag själv valt att lämna. Det betyder nödvändigtvis inte att följderna sett annorlunda ut, känslorna som upplevs hade antagligen varit dom samma.

Och kanske skulle jag kunna finna någon form av lycka, men det skulle också innebära att jag än en gång skulle behöva låta hjärtat gå i bitar.

Och där är jag inte, inte än.

/M

Brev 15

Hej

En gång frågade du varför jag pressade blommorna jag köpte istället för att låta dom pryda fönsterkarmarna. Jag hade inga bra svar då, eller kanske ville jag inte ens försöka förklara, eftersom din fråga kändes som en anklagelse. Men det var ett omedvetet försök att bevara det ömtåliga och ge det en slags evighet.

Som barn trodde jag att dom grät på nätterna, att det var därför kronbladen var fuktiga varje morgon. Så på ett sätt försökte jag nog skydda dom, eller åtminstone rädda dom från kommande sorger. Egentligen är det kanske ett övergrepp att tvinga någonting att förbli.

Därför velar jag också kring huruvida jag bör släppa taget om dig, men också om delar av mig själv, som aldrig riktigt hörde hemma här utan endast fick finnas på nåder.

Kommer du ihåg att vi vred tillbaka klockan under en period? En timme i taget, vi tände alla lampor och lyssnade på utbildningsklipp om fågelläten, bjöd in våren och målade väggarna i gult. Jag vet inte om vi försökte undvika nätternas osäkerhet, men ibland kändes sömnlösheten mer hanterbar än sömnen i sig. Givetvis blev det ohållbart i längden och till slut kapitulerade vi. Till skillnad från dig drömde jag endast om människor jag kände eller kände igen, du å andra sidan knöt nya bekantskaper varje natt. På morgnarna vaknade vi båda med svullen blick som höll på att trilla ur våra ögonhålor likt övermogen frukt. Hägringar från natten slingrade sig runt vardagen, skapade en viss dissociation, inte bara mellan oss och livet utan mellan oss i förhållande till varandra. Men å andra sidan kom vi nog aldrig lika nära känslan av ett nu, som när hjärtat gick ur led och ärligt talat vet jag inte vem av oss som tillbringade nätterna med flest obehagskänslor. Dock drömde vi och det var kanske huvudsaken.

Det här kan vara mitt sista brev. I början trodde jag att jag skrev för dig, eller mig själv, möjligen för oss båda. Jag skrev nog för att inte bränna eventuella broar, vilka förvisso förr eller senare alltid brinner. Kanske slutar jag att vänta, vilket inte är farligare än likgiltighet, vilket i sin tur, rent historiskt, varit det som fått oss att överleva.

Jag har insett vad livet är utan dig - och det är att inte leva, så jag behöver hämta andan. Förlåt.

/M

,

Brev 16

Hej.

Ibland spelar radion kärleksvisorna vi lyssnade på för länge sedan. Dom du försökte applicera på någon eller något utanför dina ytterlinjer. En bitterljuv känsla sprider sig genom hela kroppen, och är det några känslor jag har svårt att härbärgera så är det just dom motsägelsefulla.

Hade du tagit farväl eller åtminstone svarat på det förra brevet, hade jag antagligen fått ett avslut, men tydligen så väntar livet inte på att någonting ska upphöra för att någonting nytt ska börja. Det sker parallellt, verkar det som.

Livet hände, utan dig. Eller kanske kom det tillbaka. Livet hände och det var inte lågmält och försiktigt, inte i bakgrunden, utan livet hände med en intensitet jag varken var förberedd på eller som jag kunnat förutspå. Det slog mig inte bara ansiktet, utan det tog sig in och reste sina flaggor på hjärtmuskeln. Livet hände och jag var oförmögen att göra annat än att omfamna det, eller åtminstone hålla det levande.

Ibland vaknar en av dom i en pöl av svett. Hans fingertoppar särar på atomerna som separerar våra kroppar, och sedan andas han ut så fort hud möter hud.

”Vad händer när du dör?” frågar han nästintill ljudlöst. Han håller andan, och jag håller honom.

"Jag vet inte riktigt..." tvingar jag fram och försöker andas in hans rädsla. "Kan du lova att inte dö?" kvider han befallande och jag vågar inte göra annat än att ljuga, så jag lovar och stryker bort en hårslinga från hans panna. Han vänder sig mot väggen med gråten krampaktigt vilande i halsen och somnar om.

Han påminner om dig. Det gör dom båda egentligen trots att dom inte har så mycket gemensamt. Det är svårt att beskriva dom, men med den ena kom livet och med den andra lugnet som krävs för att överleva det.

Tanken var aldrig att jag skulle hamna här, eller tillskrivas den roll som nu är överordnad allt annat. Man skulle kunna säga att jag var tvungen att göra det omöjliga möjligt, och jag är ännu inte helt säker på om jag fattat rätt beslut. Men innan du börjar dra egna slutsatser vill jag poängtera att det inte handlar om att kärleken till dom är villkorad på något sätt, utan jag drunknar i den varje dag utan att dö. Dom har blivit ett bevis på min odödlighet. Det handlar inte heller om att det dröjde innan modersinstinkten utplånade alla andra självklarheter. Jag är bara osäker på om jag klarar av hjälplösheten i förhållande till deras trygghet.

Somrarna har blivit kortare och våren har bytts ut mot någonting dom kallar för den femte årstiden. Himlen är alldeles vit, det ser nästan ut som att snön fastnat på högre höjder. Körsbärsblommorna slår inte ut förrän i början på juni och i slutet av augusti står träden återigen givakt inför hösten.

Drömmarna att ge sig av ligger latenta, väntandes, men jag har också försatt mig i en situation där det inte endast är min obeslutsamhet som håller mig kvar.

Kanske slog jag rot till slut, det tror jag såklart inte, men det är en tröstande tanke.

/M

Brev 17

Hej.

Varje brev som någonsin skrivits är antagligen också ett vittnesmål om separation och i någon bemärkelse en påminnelse om ordens begränsningar. Jag tänker ofta på hur vi uppmanade varandra till att se saker ur den andres perspektiv. Hur vi minst lika ofta misslyckades, men det handlade nog inte om seendet i sig. Ögonen reflekterar bara ljuset och vänder slutligen allt upp och ner. Jag ville att du skulle förstå och kanske därigenom kunna förlåta.

Sedan du gav dig av har alla jag svor på att aldrig glömma, och sedan glömt, blivit som små svarta hål. Jag vet inte vilka delar av mig som gått förlorade med dom, men det är skönt att slippa bära runt på dödvikt.

Jag drömde om dig för några nätter sen igen. Du satt vid pianot och spelade Clair de Lune medan jag satt förstelnad i den ljusröda sammetssoffan mittemot. I varje hörn av rummet vilade fragment som suddade ut gränslinjen mellan vad som varit och vad som nu är, mellan verklighet och vanföreställning. Jag minns att jag försökte upprepa datum och årtal tyst för mig själv, att jag gjorde allt i min makt för att stänga av ljudet från dina fingrars nedslag på pianotangenterna. Men melodins oförutsägbarhet tog mig hela tiden till nya höjder, eller kanske var det till gamla djup. Oavsett gjorde det fysiskt ont.

Plötsligt vände du dig om, la din utmärglade blick i mina händer och viskade, "Den enas undergång kommer även att bli den andres." "Jag vet," svarade jag, utan att helt säkert förstå vad jag visste eller vad jag svarat på.

Sedan vaknade jag av att din bror ringde på dörren med vallmo i famnen. Det är svårt att se honom så skör och det är sorgligt att vissa minnen förblir.

Han frågade om dig i alla fall, och jag hälsade eftersom alla fortfarande tror att jag vet var du är.

/M

Brev 18

Hej.

Det är helt okej att ignorera mig, att inte svara, jag har accepterat den verkligheten. Så länge mina brev inte returneras känner jag mig nöjd, eftersom jag antar att du i alla fall läser dom.

På senare tid har tidningarna börjat publicera namn på barn som försvunnit. Det har fått mig att inleda varje dag med att leta efter pojkarnas namn i listan. Det låter antagligen helt galet då dom sover i sina rum, men jag vill vara på den säkra sidan. Jag vill veta att dom är i trygghet innan jag behöver konfronteras med andra alternativ.

Ingen vet riktigt vart barnen tar vägen eller hur dom försvinner, men jag tror att vi alla är ansvariga, att vi alla bär barnlik i våra famnar. Jag försöker hålla verkligheten på någon slags distans, men alltför ofta förbannar jag mig själv över att ha låtit livet gå i arv.

Ibland undrar jag om våra känslor fångar allt vi inte kan hantera, om dom sedan flyter in i våra tankar för att inte stagnera. Om det nu skulle vara så, tror jag att allt jag hittills känt såväl varit min förbannelse som välsignelse. Eller välsignelse är kanske att ta i, men varje tanke som medför en pulshöjning ser åtminstone till att jag förblir i rörelse.

För ett par dagar sedan gick jag förbi

ekarna igen, det bristande solljuset har lämnat sina spår och bladen skiftar i grått likt tunna pappersark. På en av dom nedersta grenarna vilade en tornseglare. Jag gick fram till den, fällde paraplyet över dess sargade kropp och såg mig om efter ett bo. Den satt stilla, helt opåverkad av både regnet och min närvaro. Efter en stund förstod jag att den antagligen sov, men också att vi aldrig helt kan förlita oss på våra medfödda försvarsmekanismer.

Jag tänker ofta på dig, men vet inte om minnena är autentiska eller om dom är konstruerade i efterhand. Och det kanske inte spelar så stor roll egentligen, hjärtat ligger fortfarande som blomblad på kullersten och det slutar alltid med *älskar.*

/M

Brev 19

Hej.

Den allmänna sorgen sprider sig och allt
fler har börjat dras ner i dess avgrund. Jag
läste någonstans att livet förr eller senare
kommer att ransoneras ut, att träden och
växterna ska bytas ut till artificiella
motsvarigheter. Jag tror inte längre att vi
endast rör oss mot vår personliga död,
utan allt tyder på att vi närmar oss total
dystopi. Kanske är det därför
naturkatastroferna inte längre har några
geografiska begränsningar, dom har brett
ut sig och avlöser varandra regelbundet.
Jag tror att jorden uppmärksammar oss på
sin smärta, inte för att vi kan göra
någonting åt den, men delad sorg sägs
vara lättare att bära.

Dom välbärgade köper nedkylningskapslar, jag antar att dom räds undergångsprofetiorna. Det har inte tillkommit några nya versioner, utan det är samma förutsägelser som det alltid har varit, dock är rädslan av annan karaktär hos dom flesta.

Jag kan förstå att vissa söker lösningar, det kan såklart vara värt det, om man anser att livet har något slags egenvärde. Själv har jag svårt att göra anspråk på någonting som jag aldrig valde frivilligt, samtidigt är jag inte tillfreds med tanken på att lämna vad jag skapat på eget beväg.

I förrgår gick jag längs sjön som håller på att torka ut. Av gammal vana eller ovana höll jag mig till stigen vi alltid gick på.

Träden har börjat tappa sina blad och regnet sköljer bort alla färger. Pigmenten droppar ner på marken och skapar en sörja där ingenting nytt lyckas gro medan grenarna sträcker sig upp mot himlen som händer i bön. Förhoppningsvis är detta endast något tillfälligt, och om inte så kanske färre nyanser gör det enklare att förhålla sig till omvärlden.

Svalorna har börjat tappa sina vingar vilket resulterat i att dom övervintrar här, eller dom försöker i alla fall. Grannarna har tagit ner fågelholkarna och lutat dom mot trädstammar istället. Varje steg utomhus utsätter dom stackars djuren för fara och jag fruktar att många redan blivit ihjältrampade. En av pojkarna tog hem en igår, den var så liten att den rymdes i hans kupade hand. Vi hjälptes åt att bygga ett bo åt den och numer bor den i en kökslucka. Det låter absurt när jag skriver om det, men jag vill inte att han ska behöva möta sin maktlöshet riktigt än. Dock innebär det att jag fått ännu ett liv att hålla levande, ännu ett liv att sörja i sinom tid.

Morfar har slutat ringa och jag ringer inte honom heller, istället ringer jag dom som fortfarande har möjlighet att se honom för att fråga hur han mår. Dom svarar aldrig på frågan, utan konstaterar endast att han är. Våren och hösten är svårast, doften av blöt asfalt för minnena tvångsmässigt tillbaka till när han stod och vattnade sina rabatter, för att sedan spola stenplattorna. "Snart blir det svalt jojo," förklarade han, som att han bar på samma okontrollerade eld som jag. Och sen satt vi på den utrullade mattan, skyddade av vinrankor. En gång frågade han mig om längtan jag bar var min eller om jag trodde att den gått i arv och innan jag hann svara, sa han, "Förlåt." Vi satt kvar till soluppgången den gången, båda tyngda av skam.

Förr skrämde tanken på hans död mig, men nu, nu är det enda jag önskar honom friden som sägs komma med den. Och kanske hade jag kunnat komma till samma insikt gällande dom försvunna barnen, om det visade sig att dom var döda vill säga. Men så länge dom riskerar att leva i rädsla tror jag inte att någon av oss kommer att skonas.

Precis innan skymningen kan man urskilja någonting glittrande i luften, det ser nästan ut som silkestrådar och för tankarna till en kokong.

Jag vet såklart inte om vi kommer överleva denna eventuella metamorfos eller om trådarna snarare representerar naturens sista försök att hålla allt sammanfogat. Än så länge verkar jorden dock hålla fast vid sin omloppsbana, trots allt. Vilket minst sagt är storsint av den.

Hur det än slutar, så ska du veta att jag ansträngt mig, även om det säkerligen varit förgäves.

/M

Brev 20

Hej.

Är du vaken?

Jag vet inte om alla upplevde samma ändlösa natt som vi gjorde här igår. Det var en natt där drömmar, verklighet och minnen flöt in i varandra och gav känslan av ett evigt fall. Dom hade förvarnat oss om att det skulle kunna komma en period där alla fysiska lagar tog ut varandra och nollställdes. Den gångna natten i alla fall, som lika gärna hade kunnat beskrivas som år, indikerade allt på att jag hade dött, inombords vill säga. Jag såg mig själv gå runt och dra streck mellan prickar, leva livet så som det lärs ut att en ska leva det - med övertygelsen att syftet är att nöja sig - så jag nöjde mig vid känslan av kvicksand i lungorna.

Imorse, vid den tiden ljuset oftast försöker skära igenom, trodde jag att det var över, att jag överlevt ännu en prövning. Någon rörde vid min hand och lät sina andetag lämna lager av förträngda känslor vid min nacke. Jag vet inte om det hela var avsiktligt eller om det var en ren tillfällighet och det spelar kanske ingen roll. Beröringen kändes välbekant och hans händer dammade av hud jag hade glömt tillhörde mig. Jag lyckades fortfarande inte urskilja hans konturer, men jag minns berusningen och oförutsägbarheten, att dom rann in i varandra, medan verkligheten rann mellan mina fingrar och ut i ett kaos jag försökt auktionera ut för länge sen. "Han är inte vad jag behöver," upprepade jag för att hålla balansen. Jag stod och trots att jag visste att jag stod, lyckades jag aldrig nå fast mark i hans närhet. Så snart jag insåg att natten inte hade några planer på att låta sig desarmeras, lät jag honom förloras i dissonansen. Det är förvisso inte helt sant - det går inte att förlora något som redan förlorats, var det inte så du alltid sa?

Det fanns en tid då du ständigt frågade hur högt jag skulle bygga mina murar, "Tills jag når himlen," svarade jag och ryckte på axlarna som för att visa att jag varken hade ambitioner på att släppa in någon eller låta någon ta emot mig. Du la undan min lugg och log, inte av beundran skulle jag säga, utan du log ditt nervösa leende som alltid drog åt vänster. "Enda sättet ur det, är genom det, du behöver krossa ditt hjärta, för att inte kvävas innanför dess väggar," sa du och jag höll kvar din blick tillräckligt länge för att du skulle vända dig om.

Jag har alltid, på något medvetet plan, vetat vad som väntar, men ändå valt att stå ut – som för att se om livets nästa drag avviker från det förutsägbara. Kanske, kanske kommer någon, någon gång lyckas grunda mig utan att kväva mig.

På den tiden var jag dock övertygad om att alla medel var tillåtna och nödvändiga för att hålla sårbarheten onåbar, inte bara för andra, utan det första steget var att tillintetgöra den för mig själv. Jag gjorde det som krävdes, det jag behövde göra för att försäkra mig om att förnuftet alltid skulle hålla känslorna i schack. Men nu har jag träffat någon som överträffar mig i konsten att resa tegelstenar och trots konstruktionernas orubblighet, ser jag inget annat än rädsla i hans ögon. Och det har fått mig att inse att jag hellre står ut med stormarna än att aldrig få känna vinden i mitt hår. Därför klättrar jag ibland upp till himlen och försöker vänja mig vid tanken på att en dag låta hjärtat falla fritt.

Men inte idag och antagligen inte imorgon heller.

/M

Brev 21

Hej.

Är du lycklig nu?

/M

Brev 22

Hej.

Tidigare i veckan beklagade jag mig över att inte riktigt få plats i mig själv. Mina ord rullade tvärs över rummet och överföll min mor som inte var förberedd på att mina barndomskänslor skulle återuppstå decennier senare. Jag fångade henne med blicken innan hon tappade balansen. Någonting brast i mig, men hon hade hunnit före.

Ibland leker jag med tanken på att förlora alla jag känner. Inte för att jag längtar till den dagen då det väl sker, men när det väl sker, kommer jag aldrig behöva hålla ihop, vare sig mig själv eller någon annan.

Under snön ömsar livet skinn inför kommande vår och påminner om känslornas flyktiga karaktär. Det är svårt att föreställa sig en tid efter tiden, speciellt vid tillfällen då den verkar stå still för en själv, men passerar för alla andra.

"Jag tror inte att det är minnena vi sörjer, utan snarare allt som aldrig blev," sa du en gång när vi stod på klipporna på andra sidan sjön. Vinden skapade ringar på vattenytan som rörde sig i motsatt riktning än vad dom brukar, allt i omlopp verkade söka sig tillbaka till något slags nav.

Din bror och jag har försökt ses oftare. Han behöver komma hemifrån och jag behöver hans bekymmer för att distansera mig från mina egna. Och av olika anledningar har vi mötts vid fyren. Ibland tittar vi ut mot horisonten och i rätt ljus kan man skymta röken som fortfarande pyr från när delar av staden brann ner. Det är ingenting som stör vardagen längre, vi har alla anpassat oss till dom nya omständigheterna. Det är i alla fall vad vi säger. Acceptansen förenklar naturligtvis livet, men det tynger mig att dom mest miserabla förhållandena lyckas bli konventionella.

Våra möten, din brors och mina, resulterar i att jag får en glimt av hur framtiden kan komma att se ut. Jag försöker hålla undan mina värderingar, för i slutändan lämnar han mig alltid med en känsla av ömsesidig förståelse. Relationen till honom är antagligen endast baserad på våra egna behov och jag tror inte att vi hade behövt varandra under andra förutsättningar. Andra förutsättningar, sådana som hade krävt att du stannat kvar.

Personligen vet jag inte vad vi sörjer mest - minnena av det förflutna vi aldrig upplevde eller minnena av allt som aldrig kommer bli.

/M

Brev 23

Hej.

Tiden har gått i spillror och ljuset lyckas leta sig in genom sprickorna, vilket får allt att kännas enklare, till och med sorgen låter sig vaggas till ro. På något vis verkar allt mer levande, i alla fall om man står som betraktare vid sidan om. Jag kan dock inte behärska mig och har redan börjat förbereda mig inför dom långa nätterna som förr eller senare återvänder. Än så länge utnyttjar dock himlen varje möjlighet att spegla sig i haven. Kanske handlar det om existensens behov av en fristad, en möjlighet att vila i något.

Dom troende påstår att det är den allsmäktige som reflekterar sig i sin skapelse, men om Gud blev medveten om allt vi åstadkommit, skulle han antagligen förinta oss – barmhärtig som han sägs vara.

Var det därför du var tvungen att ge dig av? Ingen hann hålla dina steg för att överhuvudtaget försöka återspegla dig. Men haven, haven är säkerligen himlens största betraktare – så det ter sig kanske naturligt att dom är blå och att himlen ännu inte fallit ner.

En av pojkarna har nyligen skrivit färdigt sitt första pianostycke. Han kallar den *födelse* trots att, eller kanske för att den går i dur. Varje ton lyckas ta mig tillräckligt högt för att ett hypotetiskt fall skulle resultera i döden.

Den yngre släpper mig aldrig med blicken tillräckligt länge för att överhuvudtaget hinna engagera sig i någonting. Han är alltid redo att låta sitt hjärta ta vid, tillfällen mitt hoppar över ett slag. Dom tror båda att meningen med livet är att leva det. Varken mer eller mindre. Jag avundas deras förtröstan, men är samtidigt tacksam över att allt inte förs vidare genom modersmjölken.

Jag tror att jag har slutat söka, eller nej det har jag givetvis inte, men jag gör det åtminstone inte lika ofta som förr. Kanske har jag accepterat att alla människor jag mött längtar till någonting specifikt, någonting konkret, medan känslan för mig, varken haft en mottagare eller en destination. Den har alltid bara funnits där, varit en trogen följeslagare som tämjt och förtärt naturlagar. Jag tror inte att den är en del av mig - jag är snarare på grund av den.

Vilka hade vi varit om vi inte burit det som genom arv blev vårt att bära?

/M

Brev 24

Hej.

Jag drömde att jag flög i natt igen, att jag skulle hoppa ur ett propellerplan, att jag grät och försökte räkna ut hur snabbt gravitationen skulle ta vid. Plötsligt stod du bredvid. Jag minns att du inte trängde dig på, inte försökte lösa, laga eller övertala. Ingenting hos dig var någonsin påtvingat. Du bara stod. Stadigt. Och när jag letade efter dina ögon bakom molnen, hittade du mina först och viskade, "Kanske är det inte bara regnet som trotsar gravitationen, kanske går inte allt som faller också itu."

Det är så mycket jag vill få in i det här brevet, så mycket att det har visat sig vara en omöjlighet att strukturera upp det. Jag hade velat skriva kronologiskt, jag hade också velat redogöra för alla händelser som tagit oss hit. Jag har försökt, men jag tror att merparten av historien har fallit mellan raderna. Jag är även medveten om att jag tidigare gjort liknande försök till ett avsked, försök som misslyckats, eller på sätt och vis lyckats för stunden.

Under större delen av mitt liv har jag förlitat mig på orden. Men ord leder till tolkningar och tolkningar leder till sömnlösa nätter. Jag vet inte hur jag ska lyckas klargöra något diffust genom att blanda in fler synonymer, fler definitioner och oklarheter. Jag antar att jag nu inser att jag aldrig har hållit fast vid någonting alls. Hur jag än vänder och vrider på det här kommer jag antagligen att utelämna viktiga aspekter och detaljer. Det vore därför dumt att fortsätta skriva, en helhet kan inte böjas, den är fullständig i sig själv.

Allt jag har lärt mig, allt jag kan, är antagligen på grund av dig, såväl genom livet med dig som utan. Och jag vet nu att vi är som lyckligast, precis innan vi blir medvetna om sanningarna som härletts ur lögner. Precis innan verkligheten bryter igenom, för när den väl gör det, förstår vi också att vi har lyckan på lån.

Det började inte med oss och det kommer med stor sannolikhet inte att sluta med oss, oavsett om vi glömmer varandra eller inte. Tanken håller mig flytande när allting runt omkring drunknar. Kanske är det så att livet trots allt inte är något som börjar, utan någonting som känns i en enda känsla. Den sortens känsla som skapar en flodvåg.

Och trots att jag inte vet vems sorger jag gråter över längre, om det är världens eller mina egna, vet jag att jag en dag behöver börja och börja om. Till slut kommer alla andra alternativ vara oåtkomliga, till slut kommer jag behöva vika ut hjärtats hörn, vilka av självbevarelsedrift vikts in, för att göra plats åt annat än tomheten.

Om du någon gång kommer eller kommer tillbaka, ska du veta vem jag var, vem jag tvingades bli, och varför det blev som det

blev, och om inte, skriver jag för hjärtat
och regnet. För allt som fortfarande faller.

/ M

Brev 25

Du, hitta mig i nästa liv.

/M